C'est l'hiver

C'est l'hiver

Jimmy Pickering

Texte français de Caroline Ricard

Éditions SCHOLASTIC

À maman et papa

Merci d'avoir transformé mes hivers en moments magiques

Ce matin, Suzie et Sam sont ravis :
la neige couvre le sol comme un tapis.

Les arbres, hier tristes et nus,
sont aujourd'hui de blanc vêtus.
La neige a profité de la nuit
pour recouvrir le paysage gris.

Les jours froids sont là
(de cela, ils ne doutent pas).
Il est temps de découvrir
ce que l'hiver peut offrir.

L'air que Suzie et Sam respirent
est froid et piquant,
et de leurs bouches s'échappe
un souffle blanc ondoyant.

Couchés l'un près de l'autre,
sur le tapis de neige moelleux,
les deux amis sourient,
les yeux levés vers le ciel bleu.

Ils étirent bras, pattes et jambes,
et les bougent de bas en haut,
dessinant de petits anges tout blancs.
Comme c'est rigolo!

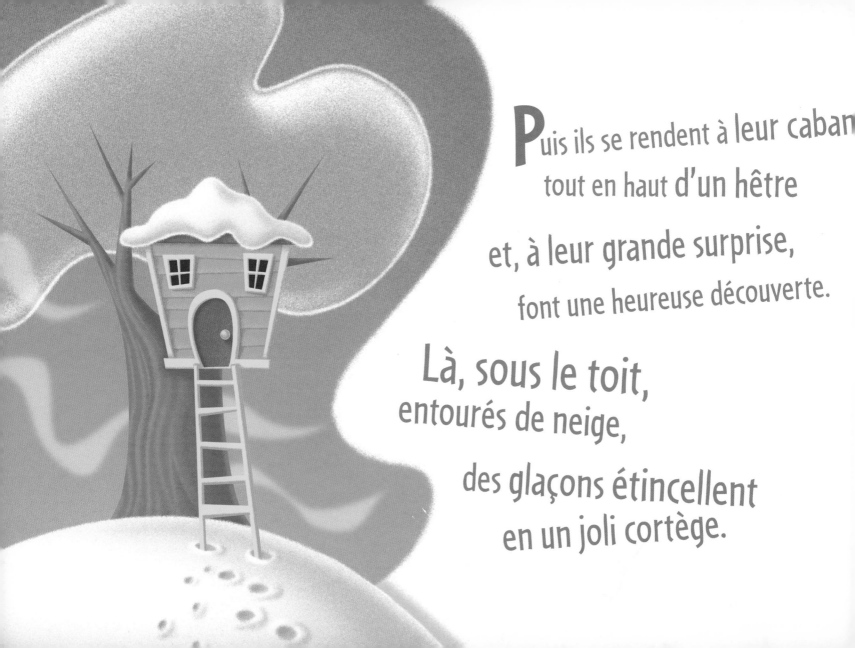

Puis ils se rendent à leur caban
tout en haut d'un hêtre

et, à leur grande surprise,
font une heureuse découverte.

Là, sous le toit,
entourés de neige,

des glaçons étincellent
en un joli cortège.

Attraper les flocons de neige est très amusant, mais le faire avec la langue l'est tout spécialement.

Les bonshommes de neige, on le sait,
sont très amusants à fabriquer

avec une carotte, un chapeau
et le manche d'un râteau...

Mais Suzie et Sam
veulent en faire plus encore.

Ils font donc de leur bonhomme

un énorme
dinosaure.

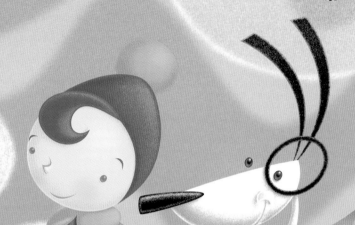

À la maison, il y a du chocolat à déguster à petites gorgées.

Suzie rigole en regardant Sam et sa moustache chocolatée.

Réussir des maisons en pain d'épice n'est pas toujours aisé,

mais elles sont amusantes à construire...

et encore plus à manger!

On fait une bataille de boules de neige?

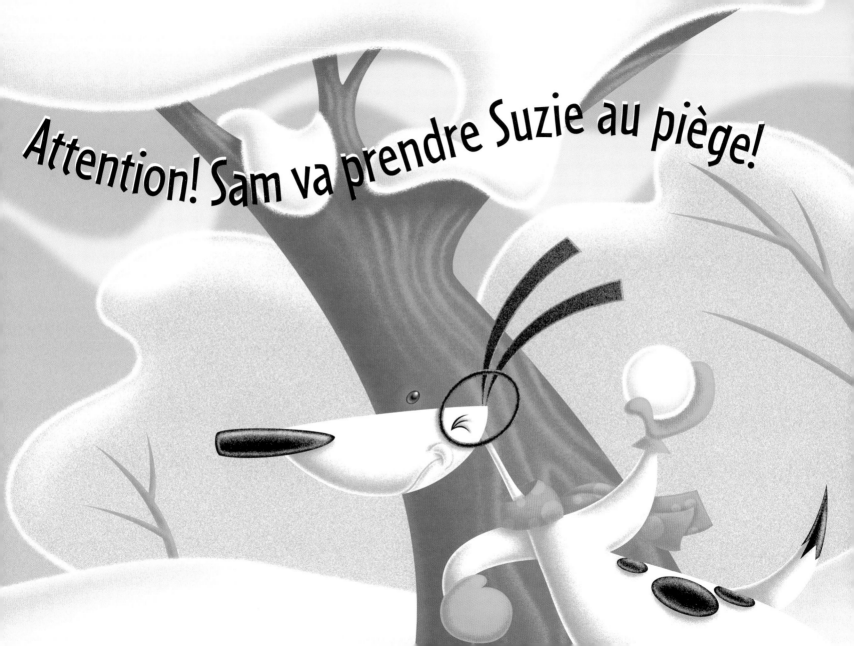

La descente en traîneau
est rapide et excitante!
Ils en ont chaque fois
des papillons dans le ventre.

Les deux amis se demandent
si leur dinosaure a froid.

Ils retournent donc l'habiller.
Oh, regardez-moi ça!

Lorsque le soleil se couche
viennent les plaisirs de la soirée.
Rien n'est plus joli
que des maisons illuminées.
Scintillant comme par magie,
des lumières rouges, jaunes et bleues,
dans le paysage enneigé,
brillent de mille feux.

Bien au chaud auprès du feu,
avec plein de souvenirs à partager,
Suzie et Sam ne peuvent pas croire
que la journée est déjà terminée.

Tout en jouant et en rigolant,
ils rêvent déjà au moment
où le soleil va se lever
et ils pourront recommencer!

Catalogage avant publication de Bibliothèque et Archives Canada
Pickering, Jimmy
C'est l'hiver / Jimmy Pickering; texte français de Caroline Ricard.
Traduction de : It's Winter.
Pour les 4-8 ans.
ISBN 0-439-94852-5
I. Ricard, Caroline, 1978- II. Titre.
PZ23.P5525Ceb 2005   j813'.6   C2005-903073-9

Édition publiée par les Éditions Scholastic, 175 Hillmount Road, Markham (Ontario) L6C 1Z7,
avec la permission de Tallfellow Press, Inc.

5 4 3 2 1   Imprimé au Canada   05 06 07 08